바람의 접근 방식

시작시인선 0516 바람의 접근 방식

1판 1쇄 펴낸날 2024년 11월 15일
지은이 심옥남
펴낸이 이재무
기획위원 김춘식, 유성호, 이형권, 임지연, 차성환, 홍용희
책임편집 박예솔
편집디자인 민성돈, 김지웅, 정영아
펴낸곳 (주)천년의시작
등록번호 제301-2012-033호
등록일자 2006년 1월 10일
주소 (03132) 서울시 종로구 삼일대로32길 36 운현신화타워 502호
전화 02-723-8668
팩스 02-723-8630
블로그 blog.naver.com/poemsijak
이메일 poemsijak@hanmail.net

ⓒ심옥남, 2024, printed in Seoul, Korea

ISBN 978-89-6021-789-8 04810
     978-89-6021-069-1 04810(세트)

값 11,000원

*이 시집은 전북특별자치도 문화관광재단 2024지역문화예술육성지원사업에 선정되어 지
  원금을 받았습니다.

바람의 접근 방식

심옥남

천년의
시 | 작

시인의 말

마당 넓은 집으로 이사 와서
수백 종의 꽃과 나무를 모셨는데요
나비와 벌과 애벌레까지 시끌벅적해요

그들 섬기는 일로 하루가 시작되고 마무리되는데요
그러기 위해 태어난 사람처럼 살아요

기척 없이 아침이 오고 계절이 가는 동안
꽃씨 여물고 열매가 익어요

하여, 꽃이 피면 정답고 지는 것도 여간 괜찮아요
두꺼비가 와도 무던하고 낯 모를 이가 와도 반갑지요

평화롭고 한가롭게
나날을 촘촘히 엮어 야들야들 살고 있습니다

모과나무와 안개나무 사이 쳐 놓은
거미줄에 낚인 시를 여기 옮겨 적었습니다

차 례

시인의 말

해 설

그림일기

배추흰나비 두 마리 날아와

자기야
자기야

깔깔
호호

엉겼다 풀어졌다
풀어졌다 엉겼다

허공 마당을 누벼
활활 타오르던 봄

내내
기인 기다림에 움 돋는 하루였다

저울

당신은 멀리 있고 여기 눈빛 다감한 고요가 있습니다
내용이 다른 고요가 자세를 자주 바꾸는 동안

오백 살 된 상수리나무가 열매를 가득 품고 서 있습니다
가지마다 새들이 지저귀어 숲 가장자리까지 고요가 증
폭됩니다

처음과 끝을 헤아리기 어려운 덩굴의 고요도 있습니다
향기까지 엉켜 질량이 큰 박주가리입니다

고요의,
민들레 씨앗은 날개이고 노랑나비 알은 연둣빛 심장이
며 가뭄에 새까맣게 타 죽은 개미와 지렁이는 상처입니다

나의 허물은
양팔저울에 나누어 얹어도 한쪽으로 기우는 고요
수많은 소란이 발효되도록 손잡아 준 당신 덕분에
협소한 곁을 어루만져 준 사랑 때문에
지평의 끝까지 평온합니다

>
오동꽃 피면 다시 울컥울컥 흔들리지만
추 몇 개 더 얹고 뻐꾸기 소쩍새 소리 얹으면 수평입니다

고요가 만조입니다

나는 울고 당신은 이제 웃는다

공중의 일이나 지상의 일이나
어제의 불편을 회고하듯이
노랗게 잘 익은 모과가
잠자코 가부좌 틀고 거실에 앉아 계시더라

일생을 비바람 온통 날것으로 겪었으니
푸념이 산처럼 쌓일 만도 한데
웬걸 정갈한 향기를 기도처럼 풀어내시는 거다

이제 모과가 사람 안살림을 겪는 중인데
울퉁불퉁 뭉친 눈썹과 주름진 미소가
반들반들 펴지는 거라

우레 삭히고 천둥 익히는 동안
몰래 숨어든 벌레가 기억을 갉아 먹는 당신처럼
단단한 옆구리가 짓무르는 데도
한결같은 향기를 피우는 모과는 아무래도
그 표정을 가꾸는 듯
두고 가려는 듯

>
저편 어둠에 잠기면서도
유산처럼 건네는 향기를 텅 빈 나날에 가득 채우니
그만 이별이 너그러워졌다

두고두고 그렇게 하기로 했다

상큼한 동거

목단이 새 식구를 몇 더 데리고 왔다
방이 부족하진 않았다
빙 둘러앉아 도란 낄낄 떠드는 소리가
마당에 붉은 융단을 펼치는데

도무지 꽃말은 막말도 고와서
내 말은 서재에 꽂아 두기로 했다
그러곤 낙낙한 그늘 거느린
모란을 얻어 새콤달콤 살아야지 다지는데

뒷덜미 낚아채는 통증이
함부로 깨 버린 먼 언약이
잡다하게 일어나 환상을 지우려 한다

돈독한 사회로부터 두어 발 물러서야겠다
저 붉은 모란과 나뒹굴려면
지난 이야기 몇 개쯤 마련해 두어야겠다

저 푸짐한 꽃말이 익기 전에
꽃 볼이 진창으로 붉기 전에

기다림을 약속해야겠다

치유할 수 없던 지독한
사랑 한 자락 아물어 간다

입추

살가워라
깃털처럼 부드러운 이 바람은 어느 세계의 지시어일까
봄에 온 모과나무와 나도 오후를 버리고 바람이 된다
차마 열어 보지 못한 상처까지 고슬고슬 가벼워지는데
누군가 이별에 관해 이야기할 때처럼
명치끝이 아려 와

사랑이었을까

내가 지금 헐거운 것은 막막함이 우거져 있기 때문이다
한 잎 한 잎 지우면 극진한 기다림에 손이 닿을까
이별은 원초적 아픔이라서
뒤 숲 부엉이처럼 여러 밤을 지새워도 얇아지질 않아
빗방울처럼 잔디에 스밀 수가 없어

사랑했을까

마지막 핀 홍초 붉은 꽃 품에 기대어 방울벌레처럼 웃어
누군가를 기다리는 버릇이야
꽃이 지면 기록할 곳 없는 나의 계절은 죽은 듯 살아서

내 그늘에서 자라던 아우성과 물 준 적 없어도 짙푸른 아
픔을 어루만져
　못내

　화알짝
　우연히
　그립지

무게

아누비스는
영혼의 무게를 달 때 양팔저울을 사용한다는데
한쪽엔 죽은 자의 심장을 올리고 한쪽엔 새의 깃털을 올
린다지

심장이 깃털보다 가벼워야 영생을 얻는다는데

두툼한 탄식과
촘촘 누빈 외로움 광활하여라

블루베리 한 그루를 두고
물까치와 며칠째 열매 쟁탈전을 벌이는

멀고 먼 길

홀쭉한 묵비권

저물녘 외길

흰 들고양이 한 마리와 서로 스친다

발걸음 소리 놓치는지 연신 바닥을 보며 간다

시늉으로 묻는다, 가는 거야?

돌아보지 않는 고양이의 견고한 고집을 그새 잊고

여러 차례 뒤돌아 그를 배웅한다

마른 젖가슴이 바짝 올라붙은 채 도통

아랫마을 컨테이너 아래 새끼만 생각하며 간다

그 떠난 마을 길에 두툼한 저녁이 든다

고양이는 나와 화단 뒷길을 철저하게 비켜 사용하는 사이

모자의 날개

인도에서 있었던 일입니다

식사하고 돌아와 보니 모자가 사라졌습니다
태양 아래 일정이 남아 있었고 아끼던 거라서
까치발 딛고 무릎 꿇고 버스 안을 샅샅이 뒤졌습니다

버스 선반 구석에 웅크리고 있던 모자
모자에도 날개가 있다고 속닥거렸습니다

몇 해 지나 문득 그리운 인도
연기 피어오르던 갠지스강이 떠오른 것이 아닙니다
남루한 옷차림에 한국말을 잘하던 차장 소년과 모자였
습니다

그때 마른 죽비가 등을 세차게 내리칩니다
모자를 버스 안에 놓고 왔어야 했다고

그제야
날개에 부리를 묻고 서늘히 낡아 가던 모자가
인도양을 향하여 활활 날아가는 것입니다

\>

나에게 돌아오는 나는 참 더디고 우둔하여

간디의 신발을 다시 새겨 봅니다

무성영화

봄이 옵니까

돌멩이처럼 단단한 꽃봉오리를 빚어 놓은 매화도 궁금
목련도 한 열흘 꽃송이를 열까 말까 망설이며 갸웃

들고양이는
어쩌다 멸치 머리나 내놓는 우리 집 마당 버리고
삼시 세끼 차려 주는 윗집 응달로 마음을 옮겼습니다
꽃송이 같은 새끼 한 마리 앞세우고

매서운 바람이 대문을 흔들어 대도
모과나무는 오직 꽃송이 빚는 데 집중합니다
된서리에 주저앉은 수선화도 아침 햇살에
꽃대 세우는 일에 전념합니다

어디선가 수돗물이 샌다고 야단이지만
나는 온통 봄만 보고 봄만 들으며 울컥거립니다

 장독 곁에 상사화 새순은 사라진 고향집 한 채를 모시고
왔습니다

쭈그려 앉은 쪽마루의 봄볕도 같이

당신 없는 봄이 옵니다

한참

시든 붓꽃을 따는 중이었어
탁! 소리에 돌아보니
장끼가 거실 유리창에 부딪혀 떨어진 거야

죽은 듯 누웠던 새가 부스스 일어나
제자리에 한참을 멍하니 서 있었어
호흡을 찾고 있었던가 봐

잠시 후 마당 끝 울타리까지 천천히 걸어가
또 한참을 서 있었지
그동안 날개를 찾고 있었던 거야
날개를 찾는 한참은 좀 길었어

텃밭 언저리 감나무 가지에 날아올라
또 무슨 생각에 잠기는 것 같았어
집을 찾고 있었겠지
숲으로 날아간 것은 한참이 더 한참 지난 후였어

가슴을 쓸어내리고
커튼을 내리고

\>

기억을 잃고 날개를 접고 떠나 버린

당신도 한참을 머뭇거렸을까

되돌아온다면 정말 긴긴 한참도 기다릴 수 있겠어

한참을 한 참씩 수십 해 기다려도 돌아오지 않은 당신을

미안해

나비와 길고양이 사는 마을에 닻을 내리고
그럭저럭 화단 한 칸을 마련했다
꽃과 합의를 이루어 살아가는 나날은 무던했으나
무단으로 드나드는 뱀과 시비를 따지기도 하며

꽃은 갑, 있는 그대로 로열석
입도 달싹하지 않고 나를 부린다
나는 을, 문전에서 허리 구부려 물 올리고 풀 뽑는
시중을 든다

꽃 표정 살펴 꽃을 배우며 섬기기를 다하는 게
늦게 하는 공부 같아서 철들어 가는 과정 같아서
손톱에 풀물이 들어도 멋진 나날이었다

아직도 섬기는 일에 곧잘 넘치고 때때로 모자라
어린 동백이 파랗게 말라 죽고
작약이 붉은 무릎을 꺾는다

빨강 꽃은 빨강 슬픔만 있는 것이 아니어서
노랑 꽃은 노랑 슬픔만 있는 것이 아니어서

꽃도 꽃을 버리고 싶은 날의 표정을 읽으려면
내 발목에 채워진 꽃 족쇄를 좀 더 조여야겠다

일찍이 섬기지 못하여 떠난
사랑에 관하여 나에 대하여
무릎을 꿇어야겠다

나만의 방식

요즘 생각이 달아올라
구름을 싹 갈아엎고 공중을 경작해 볼까 해서

암호처럼 숨겨 놓은 새의 길을 찾아서
피지 않고 떠난 아이들 맑은 웃음을 심고
마지막 편지는 쪽달에 걸어 두려 해

꽃이 필 거야

정원 한쪽에 깊은 우물을 파고
가로등을 켤게
지상의 기별도 공중의 꽃 덩굴도 환히 보이도록

그리운 맘 한가득 채워도 문이 잘 닫히는
빨간 우편함 매달려면 안개나무를 심어야겠어

공중이 꽃물결로 출렁거리면
해가 지지 않도록 수평선은 싹 없앨 거야
지평선도 지울게

\>

머뭇거리지 마

나는 가시 없는 장미 한 그루로 피어 있을게

무희들

비가 와요 일백십일 년 만에

토슈즈를 벗어 들고
수천수만 공중 계단을 통통통 뛰어내려요

가늘고 흰 손가락으로 수련꽃 볼을 튕겨요
말라 죽은 접시꽃 나무와 지렁이 눈을 감겨 줘요

더 멀리 더 높이 턴을 하면
목마른 소나무의 앙상한 심장이 벌컥거려요
백일홍 꽃 붉음과 분홍 사이가 분명해져요

마른 저수지도 희로애락을 펼쳐 빗물을 안아요
타들어 가던 시간이 촉촉이 펼쳐져요

민얼굴 맨손 맨다리인 빗방울들과
나와 개미와 벌과 꽃과 바위가 애인처럼 엉켜요
연사흘 얼굴 비비고 손 맞잡고 빙빙 돌아요

물결쳐요
무늬져요

불편한 그리움

붉은 모란꽃 한 송이만 피어도 수천 평 꽃밭이다, 나는

자목련꽃 한 송이만 피어도 천지 사방 흩어져

자칫 나를 잃는다

거기, 분홍 노랑 빨강 채송화 피면

비로소 너를 잊는다

어떤 감각

시월의 표지는
얇지도 두껍지도 않은 햇빛이다

순하디순한 바람이 간지로 끼어 있어
무가 마르고 풀씨가 여물고 여름 습관이 건조된다
한 장 한 장 페이지를 넘기면
포근포근 잘 익은 열매 다디단 문장이다

귀뚜라미 노래는 어디에 쌓을까
시월 정수리에 깃대를 꽂고 우물을 팔까

아직도 어깨 여린 나에게
부드럽고 폭넓은 가을을 준비해야겠어

햇빛 만수위 잔물결 눈부신 마당에
정박해 있던 종이배가 닻을 올린다

나는 오늘 나를 좀 더 멀리 떠나려 한다

여우와 자두

언제부턴가 자두나무 주인은 장수말벌이다
물까치와 애벌레도 칸칸 세 들었다
거름 주어 반들반들 익혀 놓았더니
먼저 찜해 버린 저들
현관문 따고 구둣발로 들이닥쳐
살림살이에 빨간딱지 붙이던 사람들처럼 막무가내다
자두 하나 얻으려고 얼씬거리면
독침 세워 으르렁대는 말벌과
떼로 날아와 떨어진 열매까지 쪼아 먹는 물까치
까짓 자두 몇 알 사 먹으면 되지 싶다가도
그래도 정성껏 가꾼 자두인데 맛은 봐야지 생각하면
소소한 복수심이 일어
열매를 양파 망으로 싸 놓아도 당해 낼 수 없고
이른 새벽 늦은 저녁에 가 보아도
불침번을 따돌릴 수가 없다
에라 모르겠다
그래 저 자두는 시어 터졌어
봄날 수북수북 차린 흰 꽃 밥상은 몽땅 내 차지였어

내년이면 가압류가 풀릴 거야

비의 감정

비 내리는 시월 아침
뒤뜰에 젖 퉁퉁 불은 고라니가 죽어 있습니다
빗방울들이 고라니의 주검을 쓰다듬는
엄숙한 의례가 종일 진행 중입니다

고라니를 숲에 묻고
어린 날 기억을 열었습니다

가랑비 내리는 산마을 초가지붕에 아버지 흰옷이 올려지
고 처마 밑에 호롱불이 걸립니다. 좁은 마당엔 누런 천막
이 쳐지고 마을 어른들은 무표정으로 이리저리 분주합니다

내용을 알 수 없는 큰 울음들이 회오리칠 때마다
아무 영문도 모르고 따라 울었습니다
숲속에 홀로 남아 헤매고 있을 고라니 새끼처럼

비에 젖어
비를 묻고
끝내 비와 화해하지 못한
오래된 이별이 비 내리는 날 있었습니다

봄 사용 설명서

연두를 펼쳐요 아직 잠자리 날개 같은 홑겹
가장자리 잘 맞들어야 깊은 계곡 응달까지 닿아요

얼음 녹아 그늘의 근육 부드러워져도
겨울잠은 세탁하지 마세요
회양목 울타리에 벌 떼 엉켜도 칼바람이 불어요

까치가 나뭇가지 물고 날아가는 방향에 봄볕이 돋아요
나무들 승모근 풀려 바람이 몇 데시벨 더 명랑해져도
봄눈 내려 목련꽃 수만 송이 잃어요

옹이진 생장점에 슬픔이 자라죠

꽃씨를 뿌릴 땐
저마다 골짜기에 잔설 확인하세요
재잘대고 움트고 벙그는 봄처럼
분홍 노랑 초록 꿈 볼륨을 높여요

쉿! 흰나비는 못 본 척하세요
흰나비를 맨 먼저 본 봄에 아버지가 돌아가셨죠
그냥 참고하세요

몽글몽글

함성을 지를 뻔했습니다
화단의 복수초가
쌓인 눈 뚫고 노란 꽃 피웠지 뭡니까

소란을 버리고
겨울 외투도 벗고 멀찍이 서서
딴청을 피웁니다

꽃 놀랄까 봐
꽃잎 닫을까 봐

쉿! 이 꽃 소식은 공유하지 않겠습니다
비밀 유지를 위하여
어제의 실수까지 용서했습니다
봄이 줄어도 후회하지 않겠습니다

조각구름이 모른 척 지나갑니다
수국 그루터기에 머물던 찬바람이
낙엽을 앞세우고 뒷산으로 조용히 떠납니다

\>

벚꽃 피면 비로소 이쪽의 봄을
그대에게 연결하겠습니다

파동

별일 없는 동안

갈색 나뭇잎 한 장이 마당에 와 있다
방울벌레 잡담도 몇 봉지 같이

어젯밤 고향집 상수리나무가 서성이다 돌아갔구나
구절초 꽃 오후가 짧아지겠지

또 다른 계절이 멈춘 듯 오고 있는 길목
비늘 떨군 구름처럼 가볍게 불안을 넘어가야지

어미 잃은 어린 들고양이 맨발 굵어지는 동안
뒤척임 깊어 새벽이 더디 온다

쓸쓸한 내색도 없이
시든 꽃 품고 날개 오므리는 나비처럼 유순해져야겠다

사월

그 떠난 방향으로 물까치 떼 왁자지껄 왔다 갔다

이별이 몇만 평 더 넓어졌다

눈을 맞추던 공중도 뒷걸음질 쳐 아득해졌다

허공이 목련꽃 한 송이를 받아 내게 건넨다

문이 열리고 날것의 하루가 밀려온다

얼마나 뒤척여야 온기가 피어날까

열이 내리고 몇 겹 독이 녹아내렸다

하염없이 잔디가 돋아 오후 쪽이 푸르렀다

모서리들이 사방을 넓혀

잠시 묽다 나도

무늬

슬픔의 패턴은 다양해

잘못 산 시간 같은 것
다른 세계로 흘러간 사랑 같은 것
모두 슬픔의 붉은 패턴이다

여러 번 죽인 옛날이 새파랗게 웃으며 오고
너보다 나를 용서해야 했을 때
바닥을 치고 올라오는 분노까지
슬픔의 맹렬한 혈통이다

한 잎만 접으면 한 생이 마감되는 연처럼
간결한 패턴을 좋아하지만
내 슬픔은 지천에 펄럭이는 추상이다

빈터를 지키던 감나무가
남쪽으로 무성했던 가지를 접었을 때
또 하나 완성되는 슬픔의 패턴

누군가 떠난 자리에 남은 향기가

슬픔의 일종일 때

붉다

오후

이월에 태어난 나는 초록 불꽃이다
아버지는 어떤 연료를 배합했을까
복수초꽃 노랑과 작약 순 빨강에 어쩐지 끌려

첫서리에 달리아 노란 꽃불이 사르르 지는 것을 보았어
추위 때문이라고 하지 말자
설마 시드는 것을 절망이라고 생각하는 거야
이미 알뿌리에 색색의 불씨 휘황하지

굽은 것도 가족력이라는데 나는 소나무를 닮았어
난들에 서서 시퍼렇게 심지를 돋우곤 했지
환상이 타오를 땐
가지 하나씩 던져 주며 더 새파래졌지

언덕의 붉나무가 제일 먼저 불을 댕겼지
붉으락푸르락 환하거나 작은 불꽃이 토닥토닥 피어
한밤중 쏜살같이 피었다 지던 푸른 불꽃
또 한 사람이 떠났어

태양이 불꽃을 조절하지

꽃을 품은 거니

웃자란 채송화 줄기를 몽땅 잘라서 버렸다
무심히 느닷없이

아침은 아직 경각산 너머에 있고
버려진 채송화가 줄기 끝에 노랑 분홍 빨강 꽃 피웠을 때
화단 구석이 꽃으로 환한 그때

저 채송화 줄기들은
잘린 줄 모르는 걸까, 안 잘린 척하는 것일까
아린 구석 없이 맑다

시집살이 애옥살이 모질어도
낯꽃 곱던 정자 언니 같아서

잘 짜인 꽃그늘이 고와서
벌 나비가 오래 앉았다 가기도 해서

줄기에 흙을 끼얹으며
세 살 때 잘렸으나 잘 자란 아버지 뿌리
뿌리란 한낱 사치에 불과한 인과관계라고 말할 뻔했다
하마터면

프릴

평균 이상이지, 목 짧고 입 큰
나는 어느 부족의 후예였을까
열대우림 덩굴진 외로움이 나날의 등줄기를 휘감아

겨울밤 태어나자마자 차가운 윗목에 던져진 때부터 시작
해서 기억에도 없는 전생을 귀동냥해도 미궁이야

한 걸음 어긋날 때마다 가지가 꺾였으므로
어머니는 나보다 더 아렸고
아버지는 먼 곳에서 미안해 미안해 했어

쓸쓸한 적막한 이 눅눅한 감정은
누가 내 깃에 덧대었을까
무심히 자란 걸까
걸음을 뗄 때마다 치렁거려

나로부터 일탈을 꿈꾸지 않아도
성가신 눈물로 꿈을 배반하지 않아도
내용 없는 발화는 늘 달아올라 살랑거려

>
이 무례를 벗어나려면
심장에 박힌 아집을 도려내야 한대
기억을 옮긴 자리에 분꽃씨 심고 고려해 볼게

이 멋진 레이스

두꺼비와 호박꽃

두꺼비가 노란 통꽃을 따 먹고 있습니다

인기척에 겁먹은 듯 경계하듯 웅크리고 있다가도
한 입 또 한 입 한나절을
오물오물 삼킵니다

이따금 고요가 씹히는지 눈을 지그시 감는 두꺼비

꽃 한 송이가 흔적도 없이 사라지는데도
호박잎은 두꺼비에게 넙죽 그늘을 내려 주고 있습니다

꽃을 잃고 하늘만 바라보던 호박 넝쿨이
덩굴손을 뻗어 싸릿대를 힘껏 감아 오릅니다

이파리 그늘이 출렁 도약을 시도합니다
내일이면 다시 호박꽃이 필 것이므로

아, 꽃 시절 접힌 내게도
세상 뒷자락 감아 오르던 연둣빛 덩굴손이 있었습니다

위대한 보폭

백목련 꽃 한가득 핀 나무에
눈이 내린다
가지마다 꽃 무덤이 아우성처럼 솟는다
기약 없이 앓는 동안

울안에 공기가 싱싱 차오르고
바람 포근포근해지고
햇살이 쫄깃쫄깃해지면
목련 나무는 꽃의 절정을 다시 설정한다

가지 끝에 꽃눈 앉히고 삼동三冬 건널 때와
봄눈에 꽃숭어리 내줄 때도

같은 보폭
같은 표정

내가 나를
이별하며 주저앉으며 일어서며
모순의 명도를 나이테에 새긴 지 수십 해

수렁 수북 핀 목련꽃 하얀 침묵이 순하다

색색

수국꽃이 피었네

빨주노초파남보 엷은 웃음이
살랑살랑 마당귀까지 차오르네
꽃자루 하나에
분홍 보라 하양 입술로 계절을 정복하려 하네

수십 수백 색 꽃 피워 꽃방 열어도
나비 들지 않아 씨앗 맺을 수 없는 페이크* 플라워

남스란치마 여미고 사내 시중들던 누이처럼 이마가 곱네

연보랏빛 꽃그늘 넓혀
문체 수려한 수국秀國을 건설하려 하네

꽃방 쪽창에 다소곳 미소가 번져 나를 낚네
아무래도 저 감각적 세계를 빠져나갈 수 없어
한 오백 년 허우적거리겠네

색색 부둥켜 안고 뒹구네

* 페이크fake: 위조의 가짜의.

다문다문 매화

나이 지긋한 백매가 가지마다 듬성 드문 꽃을 피웠네

그 나무
흰 꽃 사이에 빨강 노랑 꽃 피우려다 실패했을 것도 같아서
위로의 말 건네다가도

빈자리에 누굴 앉히고 싶었을까 궁금해지는데
지난겨울 혹독하게 앓아 생긴 빈자리
전화를 참고 외출을 접고 오래 웅크렸을 심사를 어루만
지는데

느릿느릿 봄이 왔다
기다리던 일은 일어나지 않았고
바라는 이는 오지 않았다

오직 삼월 햇살이 선물처럼
풍덩풍덩 그늘 웅덩이에 뛰어들 뿐

타자의 시선

　서둘러 떠난 꽃과 아직 호흡이 남은 꽃 사이에 십일월이 어물쩍하게 서 있습니다. 우선 마당을 내주고 모란 작약 목련 계절을 접어 사진첩에 끼웁니다. 하늘이 햇살을 한 발씩 물리는 동안 나는 지난 계절의 꽃 숨을 한 호흡씩 되새깁니다

　가까스로 외워 부르던 루피너스가 홀연히 떠난 날 조용한 거래처럼 목련 나무도 허공을 넙죽넙죽 오려 내고 있습니다. 한 잎에 한 사연씩 완성된 허공은 옛 편지 같아서 차곡차곡 쌓아 두고 첫눈이 내리는 날 펼쳐 읽겠습니다

　바람이 접근 방식을 수정하며 수위를 높이고 있습니다. 치밀하고 단단하게 밀도를 유지합니다. 바람 속에 든 삼색버들은 첫사랑처럼 흔들리며 겨울 쪽으로 기웁니다

　십일월 안쪽에 빈 몸 나무들이 있고
　바깥엔 자꾸만 뒤 돌아다보는 내가 있습니다

낯선 국면

긴 의자에 누워 구름을 점치고 있었어
그때 날개에 햇살을 가득 진 박주가리씨가 내 가슴에 내
려앉았지

순간 호흡을 바꾸어
굳은 어깨 풀고 갈비뼈 매만져 공기를 담았지
이만하면 쓸 만할 거야
씨앗이 후회하지 않도록 우회하지 않도록 포근포근 기
쁨을 채워
씨를 품고 사뿐 걸어서 봄으로 가는 거야

박주가리로 돌아서는 팔다리를 길게 늘여
닿을 수 없는 것들의 허리를 휘감고 오르는 거다
봐라 봐 허공에 꽃을 피울 양이면
향기가 먼 곳까지 화들짝 열어젖히겠지
하늘에 깊이 잠든 이가 접은 날들을 펼칠 것이니

환상이 넓어져 지상을 돌아보면
너무 많은 당신과 티격태격거리던
닥치는 대로 휘감던 내 오류를 아무도 만류하지 않았어
애초 폭풍에도 풀리지 않은 덩굴손이 보여

첫,

노랑나비 한 마리가
휘장을 걷으며 마당으로 들어오는데
집 안팎이 화들짝 환해집니다

묵은 거미줄 팽팽해지는 매실나무
앞서거니 뒤서거니
매화 버선발이 사뿐 곱습니다

된서리에 살림 절반을 잃고도
다시 펑펑 허공을 넓히는 목련화여
꽃의 도약이여

누군가는 울고 누군가는 웃을
봄, 꽃의 나날들

우울과 봄 사이 앵두꽃으로 오신
연분홍 깃 보드라운 당신을 위하여
파란을 접어 두겠습니다

일정한 공식은 없습니다
아직은 춘분 즈음

고라니와 산타클로스

오늘은 성탄절
축복처럼 연사흘 눈이 내렸다

무릎까지 쌓인 눈을 헤치고 고라니가 마을로 내려왔다
설정 스님이 오세암에 동자승을 남기고 탁발하러 가듯이

조그마한 인기척에도 놀라 핑퐁처럼 달아나던 그가
당연한 듯 다급한 듯 마을 한가운데 길로 걸어온다
마른 젖가슴 출렁거리며 온다

엄동설한에 나를 낳아
시래기죽 끓여 먹고 젖이 돌았다 했지

오늘은 내가 패자처럼 조용히 뒤로 물러서기로 한다
봄동이 자라고 있는 텃밭을 무장 해제 하기로 했다

텃밭에 콕콕 발자국 인사처럼 남겨 놓고 떠난 고라니에게
구시렁거리지 않기로 했다

어디선가 아기 예수가 탄생한 날

삶의 척도

오래 고정된 적 있다

강원도에서 열리는 문학 세미나는 묶인 발을 푸는 절호
의 기회였다
강연을 뒤로하고 오세암을 찾았다
스님이 되겠다던 풋언약이 나를 이끌었을까
백담사에서 오세암 가는 길이 마의 구간이라는 것도
해발 천이백 미터의 원시림, 왕복 십이 킬로미터라는 것
도 모른 채

오르고 내리기를 넘어지고 일어서기를 되풀이하느라
뒤처진 산행으로 홀로 걷다 보면
이정표 없는 갈림길에서 얼마나 막막했던가

산객이 물 한 병을 건네며 신발을 바라보며
오세암까지 어림없으니 돌아가라 했지만
내가 나를 이끌지 못하여 접어야 했던 꿈을 흔들어
몰아세웠다

네 시간 산행 끝에 오세암을 만났다

시무외전 외벽에 만곡점을 찍으며 둘러보니

어둠 속에 갇힌 나날이 산봉우리처럼 솟아 있고

주변이라 믿었던 내가 그 중심에 서 있음을 알게 되었다

스스로 나를 좇아 얻은 여덟 시간의 탁발

열려 가벼워진 몸으로 어둠을 밟으며 내려오는 길은 온

통 비단길이었다

님만 님이 아니라, 기룬 것은 다 님이었다*

* 한용운의 군말.

미궁

촉이 발랄한 나비가 봄을 모시고 거실로 들어왔다
노랗게 북적이던 봄이 유리 창문을 향해 거침없다

제삼세계로의 도약 같아

유리창 너머의 세상은 아름답지
내가 포함되지 않아서 행복하지

근데 말이야 너무 높이 날면 길이 안 보인다는 것
날개가 장애물일 수도 있다는 것 아는 거야?

한 시절 나도
만류하던 손길 뿌리치고 가멸차게 세상을 향해 달려갔단다
나를 뛰어넘으려다 날개를 잃고 일터를 잃고 사랑을 잃었지
바닥을 여러 번 친 거지

나비야
너를 꽃밭으로 되돌려주려 하지만 경계를 풀지 않는구나
유리 벽과 맞선 네가 너를 허용할 때까지
기다릴게

>

날개를 접고 창틀에 부리는 호흡을 모셔 잔디밭에 옮겨
놓는다

봄이 양팔 벌려 그를 끌어안는다

경험은 자신으로 돌아가는 첩경이란 것을

다시 시작하는 거다 나비야!

우울의 단서

바람이 데굴데굴 천지 사방을 굴러다니고 있었다
바다는 시퍼런 물기둥을 끝도 없이 허물고 있었다

덜컹거리는 창문을 모두 닫은 햇빛은
뒷짐 지고 버티고 서서 방파제를 주시하고 있었다

그때 활 활 활 박주가리씨가 바다 위를 날고 있었다
　처음인 듯 마지막인 듯 기쁨인 듯 단념인 듯 전진인 듯
후진인 듯

　거침없는 행진
　오래된 비약

날갯짓은 한없이 가녀리고 부드러운 숨결이었으나
바람과 한 호흡이었으므로

　수평선을 넘으리라 구름을 넘으리라
　너를 넘어서리라

등댓불이 켜진다

은행나무전傳

나는 실로 오랫동안 자라고 있었으나 하루하루 빛나는 소
멸이었다

잎사귀가 바람과 햇빛과 비와 함께 노랑 파랑 기꺼운 장면
들을 짓고 기르는 동안

곁에 백일홍꽃 붉은 축제가 한 눈금씩 타오르기도 했으며
덩굴장미가 몇 마디씩 줄기를 피우기도 했다

죽을 만치 살고 싶을 때 온전히 벗어 버리는 은행나무처럼

벗다 보면 가을, 저 환한 생의 옹이와 굽은 마디 숭고하
여라

헤어지고 또한 만나며 끝없이 자라고 소멸하는

미혹

잔디밭 가로질러 꽃밭으로 가고 있었어요

발밑 예감이 이상해서 돌아보니
제비꽃이 발에 밟힌 허리를 펴고 있는 거예요

소리도 없이
원망도 없이

보랏빛 입술이 파르르 떨리던걸요
터진 씨방 덜 여문 씨앗들이 흩어졌지요

옛 슬픔이 떠올라
언니의 상여가 나갈 때처럼 산마루의 구름을 오렸어요
아직도 남아 팔랑거리는 눈물도 몇 장 더 잘랐어요

다행이야
봄날 오후의 무릎이 푹신해서

그냥

그래도 그러는 거 아니지

일곱 살이었어
풀밭에 앉아 있는 방아깨비 접힌 무릎을 가만히 잡았는데
깜짝이야!
두 다리를 내 손에 놓고 떼떼떼 어디론가 날아갔다
 엄마에게 두 다리를 넘기고 몸통만 남은 방아깨비 불쌍해
서 울었다

이별의 길목마다 내 손에 무언가가 남겨졌다
놓아 버릴 수도 간직할 수도 없는 이야기들

엊그제 마당에 놀러 온 방아깨비와 악수하듯
정답게 두 무릎을 잡았는데
그가 또 내 손에 두 다리를 두고 날아갔다
철렁, 어두워진다

청춘의 아버지가 떠날 때 댓돌 위에 벗어 놓은 신발 같아서
오두막에 남은 나 같아서

그래도 그렇게 떠나는 건 아니지

왕버드나무 대장장이

수백 년 가꾼 뜰이 궁궐같이 넓은 집 한 채 있다
대문이 없어 나그네들 무시로 드나들어 쉬었다 가는 나무

맨 아래 가지가 수평으로 누워 나무의 중심을 잡아 주
고 있다

수평이 될 때까지 솟구치던 시절의 곧은 각에 망치질을
했겠지
각을 칠 때마다 파란 불꽃이 튀었겠지

다급하게 혹은 세차게 수백 번 두드려 꿈을 접고
부모 대신 일곱 남매 기르고 아들 딸 넷 키워 낸
한 사람 생애 같은 나무

넘어질 때마다 일어서서
푸른 쇠 파이프의 극진한 수평을 딛고
나는 위로 솟구쳤다

탁본

어느덧

푹 꺼진 눈두덩 명암의 농도가 같다
은근히 아린 무릎 어깨 통증도
비빔국수에서 물 국수로 변한 식성도 같다
한 손 가득 아기 상추 얹어 양 볼 볼록하게 쌈 싸 먹을 때

엄마야, 알았다

내가 어머니가 되어 있다는 것을
마를 날 없는 당신의 서러움 내게 번질까
도망치듯 떠나온 십수 년 나름 그 길은 휘황했었다
결국 어머니의 길, 구불구불 자갈밭이었다

점점 닳아 가는 무릎으로 당신 걸음을 걷는다

나는 무심히 사라지고 어머니만 남았다

맴돌다

봄꽃이라고는 뒷산에 피는 진달래가 전부인 줄 알던 초등
학교 일 학년 때 봄 소풍 가서 자목련꽃을 처음 보았습니다

천사의 꽃인 듯 너무 곱고 신기해서 어느새 수북수북 핀
자목련꽃송이에 눈을 밀어 넣고 있었습니다

친구들은 보물찾기하고 김밥을 먹으며 즐거운데 나는 알
수 없는 서러움에 훌쩍거렸습니다

아주머니가 준 떡을 먹다가 선생님의 호루라기 소리에 놀
라 목련 나무에 여덟 살을 통째로 두고 돌아왔습니다

집에 돌아와 남의 집이 되어 버린 증조할아버지 마당의
오래된 자목련 나무 이야기를 들었습니다

아주 오래전 마당을 같이 쓰고 살았던가 봅니다
목련꽃 피면 나무 품에 안겨 여덟 살이 되는 이유입니다

숨바꼭질

또 한 사랑이 떠났다
이 이별은 이해할 수 있는 거리 유지이며 국적을 바꾼 것
과 비슷하다

잠자리가 나뭇가지 끝에 앉아 이별의 긴 문장을 해석하
는 동안

오래된 일기장을 버렸을 뿐인데 성큼 가을이 왔고
씨 든 맨드라미를 거두었을 뿐인데 단풍잎 진다

잊어야 하는 사람과 맞물렸던 시간이
다른 세계로 흘러갈 수 있도록 비켜선다

바람이 떠난 이의 하늘을 낙엽송 아래 묻는다
드물게 구름이 새어 나왔지만 이별은 완성되겠지

홀로 남은 연대가
빈 하늘에 깃발을 꽂는다

잘 찾을 수 있도록

꽃신

엄마는 꽃이었으나 나는 바람의 피가 넘실거렸다
꽃을 흔들고 나를 흔드는

반쪽 잃어버린 엄마는 당신 산과 바다와 하늘까지 나에게
건네주고 나를 빌려 웃고 울었다

엄마의 먹빛 울음을 퍼 담고 쇠심줄 같은 슬픔 손잡고 바
람을 수십만 번 접어 엄마의 엄마가 되었다

누에처럼 긴 잠 자고 나면 쑥쑥 어린이가 되는 엄마 돌보
려고 손발 수십 개를 꺼냈다 언니 엄마 사모님 할머니 선생
님 수시로 바뀌는 호칭에 답하려고 귀도 몇 개 더 팠다 눈
몇 개 더 추가하여 훌륭한 엄마가 되려 했지만

엄마는 잠투정이 잠보다 잦아지며 수백 날을 아우성쳤다

차라리 엄마를 퍼내고 바람이 되고 싶었다 갈기를 날려
어둠 속으로 흩어지고 싶었다 흙마루 지키던 꽃신이 둥둥
허공으로 떠나기 전에

창밖에선 회화나무가 꽃을 부정하는지 꽃이 졌다

처서

어제 내린 비에 달리아 보랏빛 지느러미가 싱싱해졌다
마지막 여름을 무사히 헤엄쳐 갈 수 있을 것 같다

누운 잔대는
세워지지 않은 허리를 부여잡고 꽃을 피웠다

무기처럼 연장처럼 쓰던 팔다리를 접고 누운
당신의 손톱에 매니큐어를 바른다

당신 말마따나 이제는 아무짝에도 쓸모없는 팔다리
멈추어 버린 물관 끝 손톱에 복사꽃 도라지꽃을 그린다
기울어진 채로 또 한 계절 화사해지도록

꽃 핀 손을 가슴에 얹고 하염없이 꽃잠 든 당신
꽃잠이 시들기 전에 가을의 입구를 넓혀야겠어

거기
꽃씨를 뿌리려고

북향

적막한 요양 병원에서 웃고 말았다

건너편 침대의 할머니가 양반다리를 하고 없는 수염을 쓰
다듬으며 알 수 없는 소리로 호령호령하는 소리에 그만 무
릎을 치며 허공에 대고 삿대질하는 모습에 킥킥

웃음의 주조는 슬픔이었음을 변명할 게

노인들 모노드라마를 보고 있자면
내용을 몰라도 행동이 믿기지 않아서
필경 미래의 슬픔이 밀려오기도 해서

여덟 개 침대에 여덟 개 태양이 시도 때도 없이 뜨고 지
는 405호
시차 다르고 언어 다양한 이국의 문화가 꽃피는
고성이 오가기도 하지만 침묵을 더 많이 사용하는

정신 맑아져 집에 가고 싶다는 엄마를 간신히 설득하면
속는 척하시는지 속는 것인지
눈이 부시다며 한사코 벽 쪽으로 돌아눕는데

\>

피노키오처럼 내 코가 길어지고 있어

오늘 붉다

꿀벌 다리에 노란 꽃가루 두툼하게 감겨 있다

수십 수백 꽃 계단 오르내리며
점점 무거워진 다리
아름다운 꽃이 그에겐 충충 계단이네

노동을 이고 지고 십 리 길 오가던 맨발
비지땀 흥건한 길 터벅거리며 집으로 돌아가네

왼쪽 무릎마저 인공관절 넣었다는
퉁퉁 부은 당신 발목인 듯
어느덧 시큰거리는 내 무릎인 듯

겨워

왈칵 달구어지네
유월 가슴에 얼굴을 묻네

바보여뀌

매번 거침없이 뽑아내던 맵쟁이*가
초겨울 빈 꽃밭에 홀로 꽃을 피웠습니다

꽃 시절 놓친 그를 뽑아
흙 털고 바람 따 내고 물병에 뿌리째 모셨더니
꽃을 안고 창틀에 기대어 두 달 넘게 살고 있습니다
조용히 환한 꽃 그 앞에 서면
두서없이 허둥대는 발걸음이 평온해집니다

창밖에 첫눈이 내리는데
시든 꽃을 제 뿌리에 묻은 맵쟁이가
몸속에 지니고 온
새 꽃을 겨드랑이에 야멸차게 피웠습니다

새해
노랗게 시든 풀 백지에 올려놓고 반으로 접어 누릅니다
성근 뿌리와 맵찬 성깔이 빛바랜 채로
꽃 시절 놓친 영락없는 당신이 인화됩니다

* 맵쟁이: 여뀌를 이르는 방언. 잎사귀가 매콤함.

73

고요히

당신의 사십구재
멕시칸 페튜니아가 마지막 꽃을 떨구었고
딱따구리는 오동나무 둥지를 떠났다

뱀이 회양목 울타리에 허물을 벗고 있었다
꽉 조인 머리를 풀며
몸부림도 없이 잠시 숨을 멈춘 듯
아주 느리게 과거를 빠져나오고 있었다

목숨을 거두는 일도 허물을 벗는 거라, 하시며
당신은 당신을 벗고 영혼이 되었고
나는 당신을 49일째 숨죽이며 벗어 내고 있다

허물은 자라지 않는다고 해서
벗어 내야 성장할 수 있다 해서

이제 이별에 대하여 너그러워지려면
오해와 집착으로부터 한발 멀어져야겠다

허물이 한 살 되기 전에
더 성장하기 위해

지독한 건기

아프리카 짐바브웨 국립공원 코끼리가 물이 없어 수백 마
리 죽어 간다는데

외출했다가 세 시간 후에 돌아와 보니
잠그지 않은 마당의 수돗물이 콸콸콸 다급하게 어디론가
흘러가고 있었다
그래 괜찮다

친구의 어머니가 돌아가신 후
안부를 묻지 않았다고 절교를 당했다
욕먹어 싸다

건기가 끝날 때까지 나는 절대 토 달지 않기로 했다
나를 내 안에 깊숙이 가두어 두기로 했다

바짝 마른다

네발나비

멀지도 오래되지도 않아
아득한 일

"이놈아, 너를 보면 내가 밟혀" 하며
검정고시 학원 소개된 신문을 잘라 고요히 건네더니
텃밭 옥수수 한 소쿠리 삶아 싸 주시더니
네잎클로버 편지 고이 간직하신다더니

요양원으로 이사 왔어, 걷는 게 문제야
재밌게 살아, 건강해, 결국 혼자더라 하신다
환청처럼 유언처럼 그 말씀 낯설고 무서워
서성서성 달리아 붉은 꽃송이를 매만지다가
페튜니아 마른 줄기를 걷어 내다가

중학교 고등학교 검정고시로 졸업 앞두기까지
공부만 하면 되는 요양원이 참 좋다고
2층 창문 밖으로 목소리 명랑하신데
여든여섯 퇴화한 다리 서늘한 그늘이 내 발등까지 건너온다

단어 4천 개, 문장 수백 개 외워도 독해가 안 되는

영어만 통과하면 고졸이라고 소녀처럼 좋아하며
공부할 수 있으니 천복이라신다

그냥 단어 외우며 즐기시라는 염려에 쐐기를 치신다
"걱정하지 마시게, 대학교 가려면 아플 새도 없다네"

노송 한 그루
등 굽은 솔 향 흥건한 요양원 뜰에
울음을 눌러 두고 돌아선다

오늘의 분위기

쓸쓸한가
참혹인가

실업급여 신청하고
쫓기듯 나와 시내버스 승차장 의자에 앉았는데
바닥이 따뜻하다
누군가 오래 앉았다 방금 떠난 거다
직장 잃은 소녀였을까 아버지였을까

버스는 새로운 목적지를 향하여 지체 없이 떠나고
나는 남아서 죽은 시간 속을 맴돌고 있다

어디로 가는 거니, 어디까지 갈 수 있는 거니
외길을 잃고 또 길을 묻는 내내
잊어야 사는 거니, 잊혀야 사는 거니

누군가에게 의자를 내주고
겨울 좌표처럼 길거리에서 군말을 되뇌는 하루
흐르지 못한 시간이 꽁꽁 얼어붙은 겨울이었다

언 땅을 열고 머지않아 수선화가 필 것이다

하늘 바나나

어릴 적
밤하늘에 둥근달이 조금씩 작아져 엄마에게 물었지요

달이 노랗게 익으면 밤마다 늑대가 나타나 꼭 한 입씩 베어
먹는단다, 했어요
여섯 살 어린 날 눈을 감으면 늑대가 아삭 달 베는 소리 거
짓말처럼 들리고 노란 단물이 흰 송곳니 사이에 고인 채 힐끔
돌아보는 거예요
긴 울음 풀어 앞뒤 산 휘감을 땐 삼베 이불 뒤집어쓰고 꿈속
으로 도망쳤어요

다섯 살 리원이가 상현달을 보고 하늘에 바나나가 있네, 해요
늑대가 밤마다 하나씩 따 먹고 남겨 둔 거야, 말하고
명치끝을 꾹 눌러 고향집 여름밤을 켜요

수천 년 동안 나의 연대에 사는 늑대 한 마리

어떤 구호

꼬박 사나흘

누구의 실수로 저 빗방울들 지상에 쏟아지는가

검은 자루에 달 밀어 넣고 별도 능선 너머로 몰아내고

다짐한 듯 다진 듯 달팍 달파닥

산이 넘치고 둑이 넘치도록

양동이 쉴 사이 없이 엎지르고 있다

질책이 아니고서야

간절한 혁명이 아니고서야

저리 빗발치진 않으리

저리 퍼붓진 않으리

젊은 날 내 안 길을 자르고

마을을 묻고 산맥을 헐어 버리던 가난처럼 쏟아진다

공중의 검은 휘장

걷히기 전에

노거수 한 그루가 오백 년 굵은 무릎을 꺾고 주저앉았다

\>

애초 그럴 생각 없었다는 듯
비 갠 하늘 푸르고 맑다

꽃 주먹

코로나와 두 번째 힘겨루기 하는 동안
너는 연방 잽을 날리며 눈바람과 맞짱 뜨고 있었구나

우연하게도 《서울의 봄》 영화를 보고 온 날
봄이 죽고
반란을 진짜 봄이라 믿어야 살 수 있던 때를 되새기는데

홍매 나무가 사방에 종주먹을 해 대며 버티고 있는 모양이
망울망울 움켜쥔 분홍 꽃 주먹이 어찌나 단단하던지

걱정 마 너의 봄은 누군가에게 칼을 꽂지 않아도
더블 펀치를 날리지 않아도 분홍 분홍 살아 있어
시린 눈송이도 맵찬 바람도
꽃 이마에 닿는 순간 넋을 놓고 사라지던걸

발딱발딱 어린 꽃 심장을 가진 홍매 나무여
마우스피스를 빼고 글러브를 벗고 기다리자
포탄에 무고한 목숨이 지고 있는 세상의 겨울을 뒤집고
봄을 맞이할 보루를 열자

>

우리에겐 꽃 피는 봄이 바로 혁명일 테니

조곤조곤

우리는 숨을 공유하는 사이
그래서 너의 죽음은 나의 죽음과 같은데
여전히 나는 살아 있다

두 눈 뜨고 두 귀 열고 사는 게 어쩐지 죄인 것만 같아서
귀 하나를 저 목단 나무 창가에 걸어 두었다
꽃 사이로 드나드는 나비 날개 치는 소리나 들으며
꽃 붉은 입술 훔칠 생각이나 하면서
눈도 하나 저 배롱나무 안방에 열어 두어야겠다
석 달 열흘 피는 꽃만 질리도록 바라보고
가지에서 시시덕거리는 새들의 잡담이나 실컷 보며

어차피 내 귀는 시시때때로 전쟁의 참사를 담지 못했고
세계의 참혹한 굶주림과 지진의 참상을 두 눈은 담아낼
수 없고
진도 바다와 이태원 골목이 아직도 내 심장 밖에서 어둡다
애초 내 사상은 미약했고 철학은 얇았으므로

시선을 발등으로 내리면 채송화가 보이고 제비꽃이 보인다
그래야 그나마 잊는다

세상일 고개 끄덕이고 나면 죄가 가벼워질까 봐

하여 난 모르는 일이다

여기서 진화를 멈춘다

그런 하루하루

우크라이나에선 가을 오는 소리보다 총포 소리가 우세하
고 가자 지구에선 사람이 우수수 낙엽 지고

그러거나 말거나

반달은 눈썹 하나 깜박이지 않고 중천에 떠 있고
물까치는 홍시 쪼느라 정신없고

그러든지 말든지

축구 국가대표 팀이 중국을 이겨 국민 모두 즐겁다

알 바 아니라 해도
오만가지 생각이 실타래처럼 엉겨 헤어나오지 못하는데
무던히 명치 끝을 짓누르는 무거운 이것은

또 별이 온 세상에 아름답게 떴으니
휴지통에 담아 두고 아직 버리지 못한 메일을 다시 복구할까

그림자를 지우고 싶을 때

기습적인 폭설에 비닐하우스가 무너져
수백 평 딸기가 모조리 죽었다고 합니다
희고 고운 함박눈이 그러다니요, 그럴 리가요
양계장의 갓 깬 병아리도 눈 폭탄을 맞아
여기저기 주검이 널브러졌습니다

이 사태는 침공이며 침략입니다만
겨울의 과장이며 때로 자연의 의례입니다

우크라이나 키이우 소피아 대성당 앞에 세워진
크리스마스트리가 미사일을 맞고 죽었습니다
어린이가 어른이 벚꽃 잎처럼 지고 있습니다
육십만 오미크론 확진 소식과 함께
폐허와 공포와 굶주림과 죽음으로 뒤범벅된 전쟁은
무엇을 위한 통과의례인가요

어린이가 어른을 믿을까요
어른에게 희망이 있을까요
기도가 턱없어서
나는 멀리 무사히 잘 있습니다만

당신은 어디 계시나요?

카톡

경기전에는 구부정한 매실나무가 살아
가지마다 수두룩 봉오리 맺어 놓고
딱 한 송이만 첫 꽃을 피웠더랬어
봄을 온통 낚으려고 허공에 쓱 던진 미끼 같아
허리 굽고 무릎 꺾인 채 빚어 놓은
꽃, 봄 문자를
들마루 조각 볕을 쬐는 노인은 아련히 읽고
색색 고운 젊음은 건성으로 지나쳤지
나는 내내 몸살 앓던 형편대로
망울망울망울 가지에 예약된 문자까지 펼쳐서
봄봄봄 어서 와 이리 와 읽는데
꽃봉오리들 봉긋한 입술이 달싹이고 있었어
오백 년 봉해 둔 왕조의 묵은 비밀일지도 몰라
그러하기에 마땅한 날
하마터면 나를 거기 세워 두고 돌아올 뻔했어

자꾸만

부고 문자가 왔다
엊그제 환히 웃던 얼굴
문자 내용이 그에 합당하지 않다고 되뇌며
누군가를 만나 차를 마시고 이야기를 하고 웃기도 했다

하지만 그 웃음의 안쪽은 내내 울음이었다
그때 나누던 이야기의 내부는 슬픔이었다

그의 죽음을 증언하며 나는 살아 있다
세상은 여전히 저녁을 불러 앉혀 별을 켜고
비행기를 날리고 코로나도 강세다

죽음이 슬픈 이유 없고
죽음이 이별일 이유 없다 우기며
그런데도 젖는다

누군가 또 저만치 죽음으로 기울고 있다

옥수수죽

어서 와 가져가
감나무가 붉은 현수막을 걸었어요
한 상 가득 차린 잘 익은 감을 보고
거리 잠을 잔 새들이 모여들어요
감나무 마당에 와글 바글바글 손님이 넘쳐요

맨 먼저 수렁 수북 차린 밥상은 까마귀가 둘러앉아요
　국도 감이고 밥도 감이고 반찬도 감 후식도 감인 식사가
무르익어요
　다음은 정장 입은 물까치가 날아와 식사를 즐기네요
　마른 덤불에서 기다리는 참새들이 마지막 손님이에요

　끼리끼리 뭉쳐 다니는 것이 우리와 별반 다르지 않아요

　한 무리 새가 둘러앉아 먹고 가면 또 한 무리 둘러앉던
감나무 한 그루
　커다란 양은솥에 끓여 놓은 옥수수죽 같아요
　어린 시절 주린 배 움켜쥐고 줄 서서 기다리던 점심밥
　나를 길러 준 죽 서열을 알게 해 준 죽

\>

후련 섭섭 겨울로 걸어가는 텅 빈 솥단지
감나무 한 그루

무럭무럭

끌어안고 싶은
봄 산의 어린 연둣빛이 있어서
이별이 한결 가벼워진다

그 떠난 자리 마지막 서리꽃 피었지만
산벚꽃 몇 아름 항아리에 모신다면
서러움이 녹아내릴 것도 같아

이 깊은 이별을 벗어나려면 더 멀리 이별해야겠어
이 가득 찬 그리움을 비워 내려면 더 많이 그리워해야겠어

누적된 메시지를 지우지 않고
전화번호를 그대로 놓고

두고 간 신발을 부칠 수 있겠어
이제

물끄러미

활짝 핀 목련 꽃송이를 올려다본다

머리맡에 열린 꽃의 세계가 먼 나라의 축제처럼 아득하다

어쩌면 세상의 끝과 처음처럼 멀다

꽃눈이 꽃자리에 이르기까지 은둔의 시간을 저리 환하게
밝힐 수 있다니

한눈 자주 파는 나는 그를 기다린 긴 시간을 피울 수 있으
려나

한마디도 전할 수 없는

어떤 연애가 이리 막막하고 한쪽으로 기우는 긴 기다림인지

꽃을 향하여 사무친다

분홍 분홍

밖의 일도 안의 일도 시들해지면 과거가 훅 치고 들어온다
마당 지나 장독을 돌아
똘감나무 그루터기를 중심으로 재구성된다

당신을 남발하여
어떤 불편도 불편하지 않던 과거가 번창한다
나 대신 울었고 이별하며 실패하며
당신은 당신을 조금씩 잃었다

이제 나를 사용하세요
숙성되지 않아 자못 위험하지만
낮게 엎드릴게요
외로움도 단단히 다독거려 순해질게요

빈 등에 수만 송이 꽃을 이고 지고 나오는
홍매 나무로 오셔도 좋고
조금 늦은 자목련꽃으로 오셔도 기다릴게요
한 송이 제비꽃으로 오셔도
봄 가장자리까지 내어 드리고
기꺼이 텅 비어 머물게요

\>
내가 다시 풀리기 전에
그리하여 봄이 확장되기 전에
어서요

이참에 제풀에 겨워 낡은
나를 버리세요

놀러 와

매운바람이 편백 숲에 잠깐 들른 사이

마당가에서 팡팡 소리가 나는 거야
가끔 나는 하늘 귀가 열려 매화 피는 소리를 본 거지
가까이 다가가니 향기도 작은 목소리로 웃고 있던 걸

이런 날은 도지는 통증도 꽃 같아
내 봄이 시작하기도 전에 꽃이 지던 지난 일로
외로워해도 서러워해도 부끄럽지 않겠어

다짐한 듯 결심한 듯 매화가 피어
온통 꽃 피는 소리가 먼 나라 포성을 밀어내며
봄날 하루가 우당탕 요란했어

사랑의 자세

잘 나가던 한때를 멈추고 한 발 뒤로 물러섰을 때
너를 만났다
세상 어디선가 나를 위해 기도하는
그 사랑으로 핀 깊은 파랑
내 추위를 살아 내는 빈카여

가장 높은 슬픔과 가장 낮은 그리움을 다독여
그늘을 만들지 않는 빈카의 자세로 걸어가야지
이것은 내 사랑의 자세

임계점은 다다를 수 없이 높고
낮아야 더 높이 우러를 수 있는 하늘
내가 나를 살아가듯 가장 낮은 자세로
빈카는 빈카를 살아 내고 있다

먼 섬나라에서
새파랗게 겨울을 삭히는 작은 꽃송이 모두 가슴에 따 담았다
내 발치에서 피어도 지독히 그리울 파랑이여

봄은 거기서부터 시작되었다

한동아리

통틀어 희고 두터운 아침입니다
뭐야 뭐야 지저귀던 어제의 새들도 사라졌습니다

어떤 시간을 허락한 것인지
오직 함박눈이 내리고 또한 쌓입니다

고양이 한 마리가 아침과 길 사이에 흑점을 놓지만
눈이 경계를 지워 한통속이 됩니다

마치 평화의 상징을 함박눈으로 바꾸라는 듯이
세상의 질타와 폭력까지 흰 맥락에 엮으라는 듯

가난과 전쟁을 잠재울 수 있다면 웃돈을 건네서라도 거
래하겠습니다

용서하세요
한 송이 백 송이 도착하는 대로 악수하기 바쁜 나무들은
티브이 안의 사람들을 닮았지만, 장갑을 끼진 않았습니다
비굴을 타협하며 자리를 옮기지도 않습니다

\>

눈 쌓인 나뭇가지가 부러진 것은 누구의 탓일까요
보세요, 복수초가 눈을 뚫고 꽃대를 올립니다

고단한 여정을 나만의 방식으로 수습해 보겠습니다
이런 날은 어떤 굴욕도 도대체 평화로울 뿐입니다

소리의 계보

나비 날갯짓은 10㏈이라는데
나뭇잎 떨어지는 소리도 그와 같다지
귀 기울여도 들을 수 없는 게 그뿐이겠어

계절이 바뀌는 길목이었을 거야
가을 햇빛 내리는 이슬뭉치는 모과에 단물 드는
소리가 제각각의 음색을 켜
그 소리가 쌓여 귀가 순해졌어

굴뚝에서 피어오르는 저녁연기가 귀에 잡힐 때
너무 얇아서 자꾸만 끊길 때
두루마리로 감아 두어야 했어

뒤 숲에 알밤 떨어지던 소리
누군가의 관이 닫히던 소리
이 소리는 접어서 일기장에 끼워 두었지

어머니의 울음은
너무 깊고 어두워서 헤어나올 수 없었고
접을 수조차 없어서 내 곁에 그대로 세워 두고

가끔 꺼내 그 울음을 울었지

그건 그럴 만했어
나는 날마다 조금씩 어머니가 되었으므로

웃을까 말까

곰이 천적인 벌은 검은색 옷 입은 사람을 공격한다는군
올가미가 덫이라는 사실을 물려받은 고라니는 줄 근처에
는 안 간다고 해서

텃밭 채소를 다 먹어 치우곤 하는 단골 고라니를 따돌리
기 위해
텃밭에 사각 링처럼 파란 나일론 줄을 삼 단으로 둘러쳤다
옳다구나 처음 며칠은 상추 아욱이 안전했다
얼마나 지났을까

아뿔싸 이번엔 아예 줄 사이로 목을 들이밀고 채소를 모
두 먹고
꽃밭의 채송화는 간식으로 다 먹어 치웠다

밤마다 텃밭에 내려와서 줄에 고개를 가만히 대 보고 슬
쩍 건드려 보고 안전하다 싶었을 테지

빈 텃밭에 허망하게 서 있는 나에게 건너 어르신이 한 말

씀 놓으신다

요즘 산짐승들은 아이큐가 높아

자분자분 그런 사랑
—이운룡 선생님께

선퇴를 만지작거리다가 선생님의 부음을 받았습니다
울컥 편백 푸른 향기가 낯설어서
어제 핀 억새꽃을 오래 바라보았습니다

몇 해 전 고사리를 따러 간 봄
언덕의 작은 묘를 가리키며
'내가 들어갈 자리야' 하시기에
문우들이 가볍게 웃었습니다

이제 그 웃음의 안쪽에 눌러 두었던 이별을 꺼냅니다
가을 언저리가 소리 없이 흠뻑 젖습니다

선생님은 들녘의 코스모스 꽃물결 같다가도
시 앞에서는 우레 품은 먹구름이었습니다
숫기 없는 소년 같다가도
시 앞에서는 포효하는 호랑이였습니다

잘되라 꾸짖는 말씀에 제자리에 주저앉은 지 몇 년
다시 써야지, 선생님 앞에 나간 지 몇 년
그렇게 시인이 되었습니다

선생님과 함께 지리산 골짜기 곰취를 뜯으며
소양천 천렵을 하며 시를 다졌습니다

시를 잘 쓰는 것보다
먼저 좋은 사람이 되라 하시던 말씀 뒤돌아보며
제자의 시를 읽으며 펑펑 우시던 그 모습을
은정이라 새길게요
어리석어 저지른 잘못을 싸안아 주시던 말씀을
온정이라 길이길이 빛낼게요

선생님! 그리던 어머님과 함께
오순도순 봄나물 캐고 매화 치며
제자들 아름다운 시 받아 읽으소서
부족하거나 넘치더라도 괜찮다 토닥거리며 웃으소서

올해도 감이 생전처럼 붉습니다

후기

카페 안행은 커피 열 잔 마시면
커피 한 잔을 덤으로 준다
훅 치고 들어와 마음 녹이는 덤
참 슬기로운 마케팅이라는 생각

겨울이 다소곳한 날 민들레가 피었다
벗인 듯 기꺼워 오래 눈길 머무는데
강추위 열 번에 꽃 한 송이 덤이라
추위도 이쯤이면 모아 둘 만하구나

시월에 개나리 피어도
십일월에 영산홍 피어도 그것은 계절의 덤이므로
소소한 기쁨 일상의 반전이므로
그 꽃 마음 시렁에 가지런히 올려놓고
그러려니 그렇구나, 세상 탓하지 않기로 한다

때늦은 꽃 피운 나도 피어서 스스로 빛났다
누구 탓도 하지 않겠노라 다질수록 환해지던
생의 덤

>

울 넘어 숲에서 호반새 소리 무르익는데
덤으로 퍼지는 편백 향기 상큼하여라

과거는 현재의 덤
지난날 수많은 노역도 할 만했다

해 설

거대한 균형의 풍경
—심옥남 시집 『바람의 접근 방식』 읽기

오민석(문학평론가, 단국대 명예교수)

1

영국 낭만주의 시인 윌리엄 블레이크(W. Blake)는 호랑이의 눈에서 자연의 "무시무시한 균형(fearful symmetry)"을 발견하였다. 그가 "밤의 숲속에서/ 밝게 타오르는 호랑이, 호랑이/ 그 어떤 불멸의 손이나 눈이/ 그대의 무시무시한 균형을 만들 수 있었을까?"(『호랑이』)라고 물을 때, 그는 자연의 힘을 다름 아닌 "균형"에서 발견하였다. 자연은 다양한 외양을 가지고 있다. 어떤 때 그것은 균형이 아니라 이해 불가능한 혼돈의 모습을 하기도 한다. 그러나 자연은 그 모든 복잡성과 혼란의 근저에 놀라운 균형을 가지고 있다. 중력은 늘 적절하여 나무를 땅바닥까지 끌어내리지 않으며, 그 어떤 상위 포식자도 지상의 모든 생물을 먹어 치우지 않는다. 어떤 지역을 통째로 삼켜 버리는 홍수는 그 자체 무서운 폭력이지만, 지역을 넘어 지구 전체로 볼 때 그 자체 한 치의 오차도 없는 거대한 질서의 실현이다.

심옥남이 주목하는 것은 바로 세계를 구성하는 다양한 존재들 사이의 이 놀라운 '균형'이다. 그는 이 어마어마한 질서를 놀랍게도 마당 넓은 집의 정원에서 찾는다. 「시인의 말」에 나와 있는 대로 이 시집은 그 넓은 뜰에서 "모과나무와 안개나무 사이 쳐 놓은/ 거미줄에 낚인 시"들의 모음이다. 그에게 정원은 축소된 우주이며 삶과 세계는 그 정원의 나무와 풀, 꽃과 곤충, 새와 사람 사이에 있다. 그의 시에 호출된 나무와 꽃과 새와 곤충들은 마치 우주의 행성들처럼 저마다 제 자리에서 세계의 균형을 지키며 변화와 생성을 계속한다.

당신은 멀리 있고 여기 눈빛 다감한 고요가 있습니다
내용이 다른 고요가 자세를 자주 바꾸는 동안

오백 살 된 상수리나무가 열매를 가득 품고 서 있습니다
가지마다 새들이 지저귀어 숲 가장자리까지 고요가 증
폭됩니다

처음과 끝을 헤아리기 어려운 덩굴의 고요도 있습니다
향기까지 엉켜 질량이 큰 박주가리입니다

고요의,

민들레 씨앗은 날개이고 노랑나비 알은 연둣빛 심장이
며 가뭄에 새까맣게 타 죽은 개미와 지렁이는 상처입니다

나의 허물은
양팔저울에 나누어 얹어도 한쪽으로 기우는 고요
수많은 소란이 발효되도록 손잡아 준 당신 덕분에
협소한 곁을 어루만져 준 사랑 때문에
지평의 끝까지 평온합니다

오동꽃 피면 다시 울컥울컥 흔들리지만
추 몇 개 더 얹고 뻐꾸기 소쩍새 소리 얹으면 수평입니다

고요가 만조입니다

— 「저울」 전문

"오백 살 된 상수리나무"는 그 자체 하나의 거대한 세계를
상징한다. 그 안엔 온갖 새, 식물, 곤충들이 들어와 있고,
그것들은 저마다 고유한 일들을 수행한다. 어느 것은 "날개"
의 역할을 하고, 어느 것은 "심장"이 되며, 또 어느 것은 세
계의 "상처" 역할을 한다. 세계의 한쪽이 가라앉을 때, 세
계의 다른 쪽이 들어와 그곳을 메우고, 세계의 한쪽이 소란
할 때, 세계의 다른 쪽이 고요로 응수한다. 그러므로 이 완
벽한 균형과 질서의 현장에서 모든 소음과 소란은 결국 "고

요"의 다른 이름들이다. 이 끔찍하도록 완벽한 균형의 세계 엔 "내용이 다른 고요"가 있을 뿐이다. 가지마다 다른 새들 이 소란스레 지저귀지만, 거대한 균형의 세계에서 볼 때 그 것들은 결국 "고요"를 "증폭"하는 일에 종사하는 셈이다. 날 개와 심장과 상처는 각각 다른 기능을 가진 기관들이지만, 그것들은 모두 '고요'의 균형에 속해 있다는 점에서 '내용이 다른 고요'이다. 기우는 저울의 "소란"도 멀리서 세계의 균 형을 주관하는 "당신 덕분에" 결국 "지평의 끝까지 평온"해 진다. 시간이 바뀌고 세상이 변해도 '당신'이 "추 몇 개 더 얹 고 뻐꾸기 소쩍새 소리 얹으면" 저울은 수평의 평온을 찾는 다. 시인은 소란과 죽음, 상처와 허물로 뒤덮인 세계의 이 면에서 놀랍게도 "고요가 만조"인 질서를 찾아낸다. 그렇다 면 멀리서 "여기 눈빛 다감한 고요"를 바라보며 세계의 저울 이 어느 한쪽으로 기울 때마다 그것의 수평을 잡아 주는 "당 신"은 누구인가. 그것은 헤겔적 의미의 절대 정신(absolute spirit)일 수도 있고, 주관성 너머의 이데아일 수도 있다. 중 요한 것은 심옥남의 시선이 현상 자체보다 현상 너머의 원 리에 가 있다는 사실이다.

끌어안고 싶은
봄 산의 어린 연둣빛이 있어서
이별이 한결 가벼워진다

그 떠난 자리 마지막 서리꽃 피었지만

산벚꽃 몇 아름 항아리에 모신다면
서러움이 녹아내릴 것도 같아

이 깊은 이별을 벗어나려면 더 멀리 이별해야겠어
이 가득 찬 그리움을 비워 내려면 더 많이 그리워해야겠어
                                —「무럭무럭」 부분

이 시에서도 시인은 현상의 너머를 보고 있다. 시인이 볼
때, 현상을 그 자체 마지막 대상으로 간주하는 것은 주관성
의 환상이다. 주관성은 대상을 의식 안에 가둔다. 주관성은
대상과 의식의 일치를 진리라 착각한다. 그러나 진실은 항
상 의식이 의식하지 못하는 영역(의식의 바깥)에 있고, 언어
가 포착하지 못하는 곳(언어의 바깥)에 있다. 모리스 블랑쇼
(M. Blanchot)는 이런 영역을 '바깥(dehors)'이라 부른다. 블
랑쇼가 볼 때, 문학은 의식과 언어의 바깥을 사유한다. 문
학은 의식과 언어의 끝에서 균열하는 세계의 구멍을 본다.
문학의 시선은 의식에 갇힌 대상의 바깥, 즉 '외존(外存, ex-
position)'을 향해 있다. 이런 점에서 볼 때, 심옥남은 명백히
'바깥의 사유'의 소유자이다. 시인에 따르면, "이별" 바깥의
"봄 산의 어린 연둣빛"을 볼 때, 이별이 훨씬 가벼워진다.
이별이 가벼워지는 것은 그것이 의식 바깥의 영역으로 해방
되기 때문이다. "이별을 벗어나려면 더 멀리 이별해야" 하
고, "그리움을 비워 내려면 더 많이 그리워해야" 한다는 진
술은 '바깥의 사유'가 아니면 도달할 수 없는 인식의 수준을

보여 준다. 심옥남 시인에게 세계는 그러므로 현상과 현상 너머, 그리고 그 너머에 있는 절대적 '당신'에 걸쳐 있다. 심옥남은 현상 → 현상의 바깥 → 절대 정신을 향한 원심적 사유의 궤도를 지나 다시 세계로 돌아온다. 그러므로 그가 그리는 현상들은 현상 자체가 아니라 그것의 바깥에 의해 이미 경유된 현상들이다.

2

자연, 세계, 혹은 우주의 '무시무시한 균형'은 대상을 의식에 가두어 둘 때 보이지 않는다. 블레이크가 느꼈던 '무시무시함'은 유한자로서의 인간은 상상도 할 수 없는 어떤 힘에 대한 지각에서 비롯된 것이다. 그는 호랑이의 불타는 눈과 심장의 근육을 떠올리며 그것의 바깥에 있는 어떤 절대적인 힘, '불멸의 손'을 느낀다. 유한자의 상상력을 뛰어넘는 무한한 능력을 힐끗 볼 때, 주체의 주관성은 철저하게 무너진다.

붉은 모란꽃 한 송이만 피어도 수천 평 꽃밭이다, 나는

자목련꽃 한 송이만 피어도 천지 사방 흩어져

자칫 나를 잃는다

거기, 분홍 노랑 빨강 채송화 피면

비로소 너를 잊는다
—「불편한 그리움」 전문

시인은 "모란꽃 한 송이"에서 "수천 평 꽃밭"을 본다. 시인은 한 송이 꽃을 통하여 그것의 '바깥'에 있는 더 광대한 꽃들의 세계를 본다. 그가 지향하는 것은 물-자체(thing-in-itself)로서의 꽃이다. 그것은 주관성에서 벗어나 그 자체로 존재하는 현상의 절대적 기원 같은 것이다. 시인이 이렇게 원심력의 궤도를 따라 현상 너머를 바라볼 때, 그 바깥에 펼쳐진 광대한 아름다움이 시인의 주관성을 압도한다. "자칫 나를 잃는다"는 표현은 그 무시무시한 아름다움, 그 절대적 균형의 세계에 압도된 주관성의 모습을 잘 보여준다. 마지막 두 행에서 시인은 모란꽃, 자목련꽃에 이어 "분홍 노랑 빨강 채송화 피면" "비로소 너를 잊는다"고 고백한다. 나와 너가 지워질 때, 주관성의 왜곡은 사라지고 대상은 세계 전체가 된다. 시인은 물-자체에 압도돼 잊힌 "너"를 "불편한 그리움"이라 부른다.

꽃 표정 살펴 꽃을 배우며 섬기기를 다하는 게
늦게 하는 공부 같아서 철들어 가는 과정 같아서
손톱에 풀물이 들어도 멋진 나날이었다

아직도 섬기는 일에 곧잘 넘치고 때때로 모자라

어린 동백이 파랗게 말라 죽고

작약이 붉은 무릎을 꺾는다

빨강 꽃은 빨강 슬픔만 있는 것이 아니어서

노랑 꽃은 노랑 슬픔만 있는 것이 아니어서

꽃도 꽃을 버리고 싶은 날의 표정을 읽으려면

내 발목에 채워진 꽃 족쇄를 좀 더 조여야겠다

일찍이 섬기지 못하여 떠난

사랑에 관하여 나에 대하여

무릎을 꿇어야겠다

—「미안해」 부분

　심옥남은 일관되게 주관성을 후경화하고 세계를 전경화
한다. 그는 자신의 주관적 의식에서 정답을 찾지 않는다.
그는 주관성으로 대상을 영토화하지 않는다. 그는 현상이
의식의 울타리에 머무는 것을 경계하며 의식의 바깥으로 자
꾸 시선을 돌린다. 의식의 바깥은 의식이 규정할 수 없으
므로 늘 열려 있다. 주관성이 움츠러들 때, 세계가 확장된
다. 그는 확장된 세계를 열린 상태 그대로 놔둔다. 주관성
이 최대한 힘을 뺄 때, 놀라운 균형의 세계가 저절로 움직
인다. 그가 "꽃을 배우며 섬기기"를 통해 깨달은 것은 "빨
강 꽃은 빨강 슬픔만 있는 것이 아니"고 "노랑 꽃은 노랑 슬

품만 있는 것이 아니"라는 사실이다. 꽃들은 뻔한 주관성의 판단에 따라 뻔하게 규정되지 않는다. '섬긴다'는 것은 대상이 스스로 놀라운 질서에 따라 자유롭게 움직이도록 놔두는 것이다. 주관성이 "무릎을 꿇어야" 꽃들의 세계가 저절로 열린다.

3

전통적인 서정시가 주관성의 전면적인 지배 안에서 주관성과 대상 사이의 행복한 일치를 추구한다면, 심옥남은 스스로 무위無爲의 주체가 됨으로써 대상의 잠재성을 최대한으로 열어 놓는다. 주관성이 움직이지 않을 때, 세계가 움직인다는 이 놀랍도록 단순한 공식이야말로 심옥남이 선택한 궤도이다. 그가 볼 때, 주관성에 압도된 세계는 주관성의 다른 얼굴일 뿐 세계가 아니다. 그는 폐쇄적 주관성 대신에 세계를 보여 주기를 원하며, 세계는 주체의 무위 속에서 만발한다는 사실을 잘 알고 있다.

두꺼비가 노란 통꽃을 따 먹고 있습니다

인기척에 겁먹은 듯 경계하듯 웅크리고 있다가도
한 입 또 한 입 한나절을
오물오물 삼킵니다

이따금 고요가 씹히는지 눈을 지그시 감는 두꺼비

꽃 한 송이가 흔적도 없이 사라지는데도
호박잎은 두꺼비에게 넙죽 그늘을 내려 주고 있습니다

꽃을 잃고 하늘만 바라보던 호박 넝쿨이
덩굴손을 뻗어 싸릿대를 힘껏 감아 오릅니다

이파리 그늘이 출렁 도약을 시도합니다
내일이면 다시 호박꽃이 필 것이므로

아, 꽃 시절 접힌 내게도
세상 뒷자락 감아 오르던 연둣빛 덩굴손이 있었습니다

—「두꺼비와 호박꽃」 전문

　"노란 통꽃"을 따 먹히면서도 호박잎이 태연할 수 있는
것은 그 꽃이 존재의 전부가 아니기 때문이다. 두꺼비가 노
란 통꽃을 호박잎 그늘에서 태연하게 따 먹을 수 있는 것은
그것이 자연의 거대한 순리이기 때문이다. "꽃 한 송이가 흔
적도 없이 사라지는데도" 호박잎이 끄떡도 안 하는 것은 "덩
굴손을 뻗어 싸릿대를 힘껏 감아" 오르며 또 다른 호박꽃을
내일 피울 수 있기 때문이다. 현상은 그것 자체로 끝장이 아
니며 그 바깥에 다른 얼굴들을 무수히 갖고 있다. 한 현상의
사라짐이 곧바로 존재의 사라짐으로 이어지지 않는다. 존

재는 현상들의 무수한 바깥들로 이루어져 있다. 시인은 현상에 전혀 개입하지 않음으로써 두꺼비와 호박꽃이 자신들의 존재를 마음껏 드러내며 세계의 놀라운 질서(균형)를 실현하게 내버려둔다. 시인은 마치 사심 없는 화가처럼 자신의 화폭에서 풍경이 스스로 흐르도록 내버려둔다. 그런 무위의 화자에게 풍경은 자성自省의 놀라운 순간을 가져다 준다. 시인은 "꽃 시절 접힌" 자신에게도, 모든 것이 끝장나 버린 것 같았던 순간에도, "세상 뒷자락 감아 오르던 연둣빛 덩굴손"이 있었음을 기억한다.

　　　그래도 그러는 거 아니지

　　　일곱 살이었어
　　　풀밭에 앉아 있는 방아깨비 접힌 무릎을 가만히 잡았는데
　　　깜짝이야!
　　　두 다리를 내 손에 놓고 떼떼떼 어디론가 날아갔다
　　　엄마에게 두 다리를 넘기고 몸통만 남은 방아깨비 불쌍
　　해서 울었다

　　　이별의 길목마다 내 손에 무언가가 남겨졌다
　　　놓아 버릴 수도 간직할 수도 없는 이야기들

　　　엊그제 마당에 놀러 온 방아깨비와 악수하듯
　　　정답게 두 무릎을 잡았는데

그가 또 내 손에 두 다리를 두고 날아갔다
철렁, 어두워진다

청춘의 아버지가 떠날 때 댓돌 위에 벗어 놓은 신발 같아서
오두막에 남은 나 같아서

그래도 그렇게 떠나는 건 아니지
—「그냥」 전문

심옥남은 주관성의 언어로 세계를 해석하지 않는다. 그는 언어에 포착되지 않는, 언어 바깥의 세계가 있음을 안다. 그가 볼 때, 세계는 주관성의 의지와 무관하게 자신의 법칙대로 움직인다. 방아깨비는 두 다리를 포기하고 달아나면서 그것이 불쌍해서 우는 아이를 생각하지 않는다. 그것은 오로지 살기 위하며 자기 몸의 일부를 잘랐을 뿐이다. 세계의 이 무섭도록 냉정한 법칙이 세계를 굴러가게 하고 유지되게 만든다. 눈물의 주관성이 목숨을 건 현실을 위로하지 못한다. 목숨을 건 현실은 눈물의 주관성을 전혀 염두에 두지 않는다. "이별의 길목마다 내 손에 무언가가 남겨졌"지만, 그것은 세계의 냉혹한 균형이 남긴 그림자일 뿐이다. 아이는 오로지 재미를 위하여 방아깨비를 잡고, 방아깨비는 오로지 살기 위하여 다리를 자르고 달아난다. 주관적 슬픔이 객관적 운명을 위로하지 못한다. 그러나 주관성은 늘 주관성으로 세계를 해석한다. "그래도 그렇게 떠나

는 건 아니지"는 끝내 주관성에서 벗어나지 못한 주체의 욕망을 보여 준다.

지금까지 살펴본 것처럼, 심옥남 시인은 주관성을 밀어낸 자리에 더 많은 대상이 더욱 자유롭게 밀려든다는 사실을 안다. 그의 시적 소재들은 주로 정원의 꽃과 나무, 그리고 곤충과 새들인데, 시인은 이것들을 주관성의 화분에 가둬 두지 않는다. 그는 자신을 버리고 신 앞에 무릎 꿇은 사제처럼 대상들 앞에 머리를 조아린다. 그의 무위가 대상들의 잠재성을 깨운다. 이 시집은 그렇게 깨어난 꽃들과 나무와 곤충과 새들이 만들어 가는 거대한 균형의 풍경이다.